La oca Carlota

Visite la página web: www.peterrabbit.com

Primera edición: Frederick Warne 2000
1 3 5 7 9 10 8 6 4 2

© 2000, Editorial Sudamericana S. A.
Humbero Iº 531, Buenos Aires.
Primera edición, marzo de 2000.
Segunda edición, septiembre de 2001.

ISBN 950-07-1723-9.

Impreso y encuadernado en Singapur por Tien Wah Press (Pte) Ltd.

La oca Carlota

De la serie autorizada de dibujos animados, basada en los cuentos originales de

BEATRIX POTTER ™

Editorial Sudamericana

Ésta es la historia de la oca Carlota, que estaba muy enojada porque en la granja no la dejaban empollar sus huevos. Nadie creía que pudiera sentarse sobre ellos con paciencia y mantenerlos tibios. Por eso, la oca decidió construir un nido lejos de allí.

Una hermosa tarde, Carlota tomó el sendero que subía a la colina. Cuando llegó a la parte más alta, vio un bosque a lo lejos. Parecía un lugar seguro y tranquilo. Entonces, corrió unos metros colina abajo y luego dio un salto para levantar vuelo.

Voló sobre las copas de los árboles hasta que divisó un claro en el bosque.

Descendió para buscar un sitio donde anidar. Mientras caminaba bamboleándose, vio un tronco entre bellas flores con forma de oreja de zorro.

Le llamó la atención que, sentado sobre el tronco,
un caballero muy elegante con una larga cola peluda
estaba leyendo el diario.
– Señora, ¿está perdida? –preguntó.

Carlota pensó que era muy amable y buen mozo.

–Oh, no –contestó–. Estoy buscando un sitio adecuado para construir un nido y empollar mis huevos.

– ¡Ya veo! –dijo el caballero de la cola larga y peluda–. En mi cabaña tengo un saco repleto de plumas. Puede anidar allí el tiempo que desee. Y guió a Carlota hasta una casa sombría entre los árboles; en la parte de atrás, había una cabaña en ruinas.

Con tal cantidad de plumas, la cabaña resultaba muy cómoda.
Carlota no tuvo ningún problema para construir el nido.
Luego, regresó a su casa a pasar la noche. El caballero prometió
cuidarlo hasta que ella volviera.

Carlota regresó cada tarde hasta poner nueve huevos en el nido. El caballero zorro los miraba con fascinación. Cuando la oca no estaba, se encargaba de darlos vuelta y de contar cuántos había.

Hasta que un día, el caballero le dijo:
– ¡Daremos una fiesta! ¿Podría pedirle que trajera algunas hierbas de la granja para preparar... eh... una sabrosa omelette? Salvia y tomillo, menta y dos cebollas, y un poco de perejil.

Carlota era tan inocente, que no sospechó nada de nada cuando el caballero le pidió salvia y cebollas. Anduvo por la granja picoteando trocitos de todas las hierbas que se usan ¡para condimentar pato asado!

Entró bamboleándose en la cocina para buscar cebollas.
Al salir, Colmillo, el perro guardián, le preguntó:
– ¿Qué haces con esas cebollas?
La oca le contó toda la historia.

Colmillo escuchó atento y preguntó dónde quedaba la cabaña. Luego, fue al pueblo a buscar a dos cachorros de sabueso que habían salido a dar un paseo con el carnicero.

Mientras tanto, Carlota regresó al bosque, llevando a cuestas pesados manojos de hierbas y dos cebollas en una bolsa.

Al llegar a la casa, el caballero de larga cola peluda casi dio un salto.

– Regresa tan pronto como hayas visto tus huevos –le dijo en un tono brusco.

—Dame las hierbas para la comida. ¡Date prisa! —le ordenó. Carlota se sorprendió al oírlo hablar así y se sintió muy incómoda.

Ya en la casa, escuchó pasos detrás de la cabaña. Alguien con una nariz negra olfateó debajo de la puerta y luego la trabó. ¡Carlota estaba de lo más asustada!

—¿Qué voy a hacer ahora? —se preguntó alarmada.

Poco después, oyó unos ruidos espantosos: ladridos, aullidos y gruñidos, chillidos y gemidos.

Y de ese caballero con bigotes de zorro
¡nunca se supo nada más!

Entonces, Colmillo abrió la puerta de la cabaña y
dejó salir a la oca Carlota.

Pero los cachorros entraron corriendo y se comieron
los huevos antes que Colmillo pudiera detenerlos.

Los perros acompañaron a
Carlota de regreso a la granja.
La pobre oca lloraba al pensar en
los huevos que había perdido.

En la siguiente primavera, Carlota volvió a poner huevos. Y esa vez, sí le permitieron empollarlos.